AF305832

CATALOGUE

DE

LIVRES ANCIENS

PROVENANT

DU CABINET DE M. SL***

DONT LA VENTE AURA LIEU

Les Lundi 17 et Mardi 18 Novembre 1879

A SEPT HEURES ET DEMIE PRÉCISES DU SOIR

Rue des Bons-Enfants, 28 (maison Silvestre)

Salle n° 1

Par le ministère de M⁰ MAURICE DELESTRE, commissaire-priseur,
Successeur de M. DELBERGUE-CORMONT
Rue Drouot, 27.

PARIS

ADOLPHE LABITTE

LIBRAIRE DE LA BIBLIOTHÈQUE NATIONALE

4, rue de Lille, 4

1879

ORDRE DES VACATIONS

Première vacation. — *Lundi 17 Novembre 1879.*

Nᵒˢ 1 à 248.

Deuxième vacation. — *Mardi 18 Novembre.*

1º Livres en lots provenant de la bibliothèque de M. Sl***
2º Livres en lots provenant d'autres bibliothèques.

CONDITIONS DE LA VENTE.

1º La vente se fait au comptant.
2º Les acquéreurs paieront cinq pour cent en sus des enchères applicables aux frais.
3º Il y aura exposition le lundi 17 novembre, de 2 à 4 heures.
4º Le libraire chargé de la vente, remplira les commissions qui lui seront adressées.

CATALOGUE

DE

LIVRES ANCIENS

DU

CABINET DE M. SL***

THÉOLOGIE

1. Incipit prologus in pastoralia beati Gregorii pape. *S. l. n. d. (Parisiis)*, in-4 de 72 ff. non chiffrés, veau marbré.

2. Les Confessions de saint Augustin, traduites en français par M. Arnauld d'Andilly. *A Paris, chez J. Camusat et P. Le Petit*, 1649, in-12, front. gr. mar. r. fil. à comp. sur les plats, tr. dorée. (*Rel. anc.*)

3. De la Singularité des clercs, ou de l'Obligation où sont les ecclésiastiques de vivre separez des femmes, traduit de l'original latin qui se trouve parmi les œuvres de saint Cyprien. *Paris, chez G. Valeyré*, 1718, in-12, veau ant.

4. Pensées de M. Pascal sur la Religion et sur quelques autres sujets, qui ont esté trouvées après sa mort parmy ses papiers. *A Paris, chez Guill. Desprez*, 1670, in-12, veau br. ant.

   Seconde édition, publiée la même année que la première.

5. Les Provinciales ou les Lettres écrites par Louis de Montalte (Bl. Pascal) à un provincial de ses amis et aux R. R. P. P. Jésuites ; sur le sujet de la morale et de la politique de ces pères. *A Cologne, chez P. de La Vallée*, 1657, in-12, veau f. antique.

   Deuxième édition sous cette date.

6. Les Provinciales ou les Lettres écrites par L. de Montalte (Blaise Pascal) à un provincial de ses amis (l'abbé Le Roi)

et aux R. R. P. P. Jésuites, 9ᵉ édition. *Cologne, chez N. Schoute*, 1685, in-12, demi-rel. avec c. chag. bl. fil. tr. dorée.

7. Réflexions sur la miséricorde de Dieu, par une dame pénitente (Mᵐᵉ de la Vallière). *A Paris, chez Ant. Dezallier*, 1693, in-12, veau br. ant.

8. L'Illustre Criminel, ou les Inventions merveilleuses de la colère de Dieu dans la punition du pécheur, représenté par le Roi Balthazar, par le sieur Oudeau. *A Lyon, chez Ant. Cellier*, 1665, in-12, demi-rel. avec c. chag. r. fil. doré en tête, non rogné.

9. Voyage de deux sœurs Colombelle et Volontairette vers leur bien-aimé en la cité de Jérusalem : contenant plusieurs incidents arrivez pendant leur voyage, par Boëce de Bolswert. *A Liège, chez Broncart*, 1734, in-12, titre front. gr. et figures, br.

10. Le Pèlerinage de deux sœurs, Colombelle et Volontairette vers Jérusalem, ouvrage allégorique. *Paris, H. Nicolle, Lille, Vanackère*, 1819, in-12, front. figures, demi-rel. chag. r. fil. doré en tête, non rogné.

Exemplaire contenant un grand nombre de figures doubles coloriées.

11. Oraisons funèbres composées par M. Fléchier, abbé de Saint-Séverin. *A Paris, chez S. Mabre Cramoisy*, 1680-81, 2 tomes en 1 vol. in-12, veau ant.

12. Bossuet. Exposition de la doctrine catholique. *Paris*, 1679, in-12. — Traité de la Communion, 1682, in-12. — Conférence avec M. Claude, 1682, in-12.—L'Apocalypse, 1689, in-8. —Instruction sur les états d'oraisons, 1697, in-8. — Divers écrits, 1698, in-8. — Divers écrits, 1698, in-8. — Instruction pastorale, 1700, in-12. — Explication d'Isaïe 1704, in-12. — Traité du Libre arbitre, 1731, in-12. — Traité de l'Amour, 1736, in-12. — 10 vol. in-8 et in-12, rel.

13. Discours ecclésiastiques contre le paganisme des Roys de la fève et du Roy-Boit, pratiqués par les chrétiens charnels en la veille et au jour de l'Épiphanie de N.-S. J. Christ, par J. Deslyons. *A Paris, chez Guill. Desprez*, 1664, in-12, vél.

14. J.-B. Thiers. Traité de l'Exposition du S. Sacrement de l'autel. *Paris*, 1673. — Traité des Jeux, 1686. — Histoire des Perruques, 1690. — Traitez des cloches, 1721. — 4 vol. in-12, reliés.

15. Histoire de la papesse Jeanne, fidèlement tirée de la dissertation latine de M. de Spanheim. *A La Haye, chez H. Scheurleer*, 1720, 2 vol. in-12, front. et figures, demi-rel. avec c. chag. citr. fil. dorés en tête, éb.

16. Livre traictant de l'estat des religieuses escript en latin passé 740 avis, par un nommé Idiota, avec le confessionnaire de Monsieur Sainct Thomas D'Aquin, de la traduction de Sulpice au Pré. *A Douay, de l'impr. de J. Bogart*, 1592, in-16, demi-rel. avec c. veau f.

17. La Cordelière au Trésor des indulgences du cordon Saint-François, suivant la réformation de nostre S. P. Paul V, reveu, corrigé et augmenté en ceste dernière édition, par le Rev. P. Nicolas Aubespin. *A Paris, chez Jean Petit-Pas*, 1618, pet. in-12, titre gr. et portrait, veau br. fermoirs en cuivre.

18. La Monarchie des Solipses, traduit de l'original latin de Melchior Inchofer, avec des remarques (par Restaut). *Amsterdam*, 1721, in-12, veau ant.

Plusieurs bibliographes attribuent cet ouvrage à J. Clément Scoti, mais on ne peut rien affirmer à ce sujet.

19. Dictionnaire critique des reliques et des images miraculeuses, par J.-A.-S. Collin de Plancy. *Paris, Guien*, 1821, 3 vol. in-8, br.

20. Histoire de l'Inquisition et son origine (par Marsollier). *A Cologne, chez P. Marteau*, 1693, in-12, veau ant.

21. Histoire des inquisitions (tirée des mémoires de Dupin), (par l'abbé Goujet), *Cologne, chez P. Marteau*, 1759. 2 vol. in-12, fig. veau ant. marb.

22. Mémoires de Luther, écrit par lui-même, traduits et mis en ordre par Michelet. *Paris, Hachette*, 1837. 2 vol. in-8, demi-rel. bas.

23. L'Estat de l'Eglise, avec le Discours des temps depuis les apostres jusques au présent, augmenté et reveu tellement en ceste édition que ce qui concerne le siège Romain et autres royaumes, depuis l'église primitive jusques à ceux qui règnent aujourd'huy, y est en brieves annales proposé. Item un Traité de la Religion et République des Juifs, depuis le retour de l'exil de Babylone, jusques au dernier saccagement de Jérusalem, par P. Eber. *S. l., chez J. Bavent*, 1582, 2 part. en 1 vol. in-8, veau ant. filet.

Ce volume commence par une épitre de J. Crespin à l'Église de Jésus-Christ.

24. Le Divorce céleste, causé par les désordres et les disso-
lutions de l'épouse romaine, traduit de l'italien de Ferrante Pallavicina, par Brodeau-Doiseville. *A Cologne*,
1696, in-12, front. gr. chag. r. dent. sur les plats, tr.
dorée.

Le frontispice a été restauré dans un coin de la marge extérieure.

25. Le Nazaréen, ou le Christianisme des juifs, des gentils et
des mahomélans, traduit de l'anglais de J. Toland. *Londres*, 1777, in-8, veau f. fil.

26. Les Mœurs des chrestiens, par M. Fleury. *A Paris, chez
Clouzier*, 1682, in-12, veau ant.

27. Histoire abrégée de différens cultes, par J.-A. Dulaure.
Paris, Guillaume, 1825, 2 vol. in-8, br.

JURISPRUDENCE

28. Procès fameux extraits de l'essai sur l'histoire générale
des tribunaux des peuples tant anciens que modernes,
par M. Des Essarts. *Paris*, 1786-90, 10 tomes réun. en
5 vol. in-12, v. mar. br.

29. Recueil général des pièces concernant le procez entre la
Demoiselle Cadière et le Père Girard. *A La Haye, chez
Swart*, 1731, 8 vol. in-12, veau ant.

30. Mémoire justificatif pour trois hommes condamnés à la
roue (par Dupaty). *A Paris*, 1786, in-4, broché.

31. Histoire de la législation sur les femmes publiques et
les lieux de débauche, par M. Sabatier. *Paris, Roret*,
1828, in-8, br.

SCIENCES ET ARTS

32. Les Caractères de Théophraste traduits du grec, avec
les Caractères ou les Mœurs de ce siècle (par La Bruyère).
A Lyon, chez Th. Amaubry, 1689, in-12, demi-rel. avec
c. chag. r. fil. doré en tête, éb.

33. Les Caractères de Théopraste traduits du grec, avec les Caractères et les Mœurs de ce siècle (par La Bruyère). *A Paris, chez Est. Michallet*, 1691, in-12, veau br. ant.

34. Les Caractères de Théophraste traduits du grec, avec les Caractères et les Mœurs de ce siècle, par M. De La Bruyère, et la clef en marge et par ordre alphabétique. *A Paris, chez Estienne Michallet*, 1697, 2 tomes en 1 vol. in-12, dérelié.

35. Les Caractères de Théophraste traduits du grec, avec les Caractères ou les Mœurs de ce siècle (par La Bruyère). *A Paris, chez Est. Michallet*, 1699, in-12, veau br. ant.

Dixième et dernière édition, donnée par le libraire Michallet.

36. Introduction à la connaissance de l'esprit humain, suivie de réflexions et de maximes (par le marquis de Vauvenargues). *A Paris, chez Ant. Cl. Briasson*, 1747, in-12, veau ant. marb.

37. Codicille d'or, ou Petit Recueil tiré de l'Institution du prince chrétien, composé par Érasme, mis premièrement en français sous le roi François Ier et à présent pour la seconde fois (par Claude Joly, chanoine et chantre de l'église de Paris (*Amsterdam, Élsevier*), 1665, in-16, vél.

38. La Maison réglée et l'Art de diriger la maison d'un grand seigneur et autres, tant à la ville qu'à la campagne, etc. (par Audiger). *A Paris, chez Nic. Le Gras*, 1692, in-12, veau ant.

39. Traité contre le luxe des hommes et des femmes et contre le luxe avec lequel on élève les enfants de l'un et de l'autre sexe (par Dupradel). *Paris, chez M. Brunet*, 1705, in-12, veau ant. (*Arm. sur les plats.*)

40. Les Mœurs (par Panage, mot tiré du grec, répondant à celui de Toussaint). *S. l.*, 1748, 3 part. in-8, tirées in-4, veau marb. fil. tr. dorée.

On a ajouté une figure gravée par Cardon, d'après G. Herreyns.

41. Discours qui a remporté le prix de l'Académie de Dijon, en l'année 1750, sur cette question proposée par la même Académie: *Si le rétablissement des sciences et des arts a contribué à épurer les mœurs*, par un citoyen de Genève. (J.-J. Rousseau). *A Genève, chez Barillot*, In-8, front. gr. demi-rel. avec mar. r. fil. tr. dorée.

42. De la Prostitution en Europe, depuis l'antiquité jusqu'à la fin du XVIe siècle, par M. Rabutaux, avec une biblio-

graphie, par P. Lacroix. *Paris, A. Dequesne,* 1869, in-8, figures, gr. sur bois, br.

---

43. Les Occultes Merveilles et Secretz de nature, avec plusieurs enseignemens des choses diverses, tant par raison probable que par conjecture artificielle : exposées en deux livres de nō moindre plaisir que proufit au lecteur studieux, par Levin Lemne et nouvellement traduit de latin en françois, par J.-G. P. (J. Gohory). *A Paris, par P. Du Pré,* 1567, in-8, vél.

44. Tableau de l'inconstance des mauvais anges et démons, où il est amplement traicté des sorciers et de la sorcelerie. Livre très utile et nécessaire, non seulement aux Juges, mais à tous ceux qui vivent sous les lois chrestiennes, avec un discours contenant la procédure faicte par les inquisiteurs d'Espagne et de Navarre, à 53 magiciens, apostats, juifs et sorciers, en la ville de Logrogne en Castille, le 9 novembre 1610, par Pierre de Lancre. *A Paris, chez Nic. Buon,* 1612, in-4, vél.

45. Curiositez inouyes sur la sculpture talismanique des Persans, horoscope des patriarches et lecture des estoilles, par M. J. Gaffarel. *S. l.,* 1637, in-8, veau ant.

---

46. La Chyromantie naturelle de Ronphyle. *A Paris, chez J.-Baptiste Loyson,* 1665, 2 part. en 1 vol. in-12, figures, demi-rel. avec c. chag. r. fil. tr. dorée.

47. Le Palais du prince du sommeil où est enseignée l'Oniromancie, autrement l'Art de deviner par les songes, par Monsieur de Mirbel. *A Lyon, chez J. Paulhe,* 1670, pet. in-12, front. gr. veau f. ant.

48. La Géomancie et Nomancie des anciens, la Nomancie cabalistique avec l'heure du berger mises en français, par le sieur de Salerne. *A Paris, chez L.-D'Houry,* 1667, in-12, demi-rel. avec c. chag. r. fil. tr. dorée.

49. La Physionomie naturelle et la Chiromancie de Barthelemy Cocles. *A Rouen, chez J. Besongne,* 1698. — Traité de l'Inclination de l'homme et de la femme, suivant leur nativité, par le sieur de Spadacine. 2 part. en 1 vol. in-12, nombr. fig. sur bois, demi-rel. avec c. chag. r. fil. tr. dorée.

50. Dictionnaire infernal, ou Bibliothèque universelle, sur les êtres, les personnages, les livres, les faits et les choses,

par M. Collin de Plancy, *Paris*, 1825-26, 4 vol. in-8, br. et album.

---

51. Regimē sanitatis Roberti Geopretii atrebatis, non solum medicis, verum etiam omnibus studiosis pernecessarium et utile. Ejusdem Tractatus de Peste. *Parisiis, apud Dionisium Janotium,* 1540, in-16, cart.

Exemplaire grand de marges. Le feuillet A. III. se trouve à la fin du volume.

52. Quatre Livres des Secrets de médecine et de la philosophie chimique, faicts françois, par M.-J. Liebaut, esquels sont descrits plusieurs remèdes singuliers pour toutes maladies..., traictées bien amplement les manières de destiller eaux, huiles, etc., preparer l'antimoine et la poudre de mercure, faire les extractions, les sels artificiels et l'or potable. *A Paris, chez J. du Puis,* 1579, in-12, fig. demi-rel. bas.

Les feuillets 244-45 manquent; on les a remplacés par 2 feuillets manuscrits.

53. L'Antidote apologetic de la peste, par P. Verney-Dolois, avec les remèdes esprouvez, préservatifs et curatifs manifestes, occultes ou specifics, faciles en leur usage et préparation. *A Dole, par Ant. Binart,* 1629, pet. in-8, cart.

54. Traicté de la vraye, unique, grande et universelle médecine des anciens, dite des récens or potable, par David de Planis-Campy. *A Paris, chez Fr. Targa,* 1633, pet. in-8, portr. demi-rel. chag. r. fil. tr. dorée.

55. Le Nouveau Recueil de curiositez rares et nouvelles des plus admirables effets de la nature, etc., composé par le sieur d'Emery. *Suivant la copie de Paris, à Leide, chez P. Vander A. A.,* 1685, 2 part. en 1 vol. in-12, figures, demi-rel. avec c. chagr. r. fil. tr. dorée.

56. Le Miroir des urines, par lesquelles on voit et connoît les différens tempéramens, les humeurs dominantes, les sièges et les causes des maladies d'un chacun, suivant les longues expériences du sieur Davach de la Rivière. *A Paris, chez Cochart, L. Josse,* 1696, in-12, demi-rel. avec c. chag. r. fil. tr. dorée.

57. De l'Indécence aux hommes d'accoucher les femmes et de l'Obligation aux femmes de nourrir leurs enfans (par Ph. Hecquet.) *De l'impr. de S. A. S., à Trevoux et se vend à Paris, chez Jacques Étienne,* 1708, in-12, veau ant.

58. Lettres sur le pouvoir de l'imagination des femmes enceintes (par Isaac Bellet). *Paris, chez les F. Guérin*, 1745, in-12, veau marb.

59. Nouvel Essai sur la Mégalantropogénésie, ou l'Art de faire des enfans d'esprits qui deviennent de grands hommes, par Robert le Jeune. *A Paris, chez Le Normant, an XI*, 1803, 2 vol. in-8, dérel.

60. Traité des Eunuques, dans lequel on explique toutes les différentes sortes d'eunuques, quel rang ils ont tenu et quel cas on en a fait, etc. On examine principalement s'ils sont propres au mariage et s'il leur doit être permis de se marier, par M*** D*** (d'Ollincan, anagramme de Ch. Ancillon). *Imprimé l'an* 1707, in-12, demi-rel. mar. or. doré en tête, non rogné.

---

61. L'Agriculture et Maison rustique, de M. Ch. Estienne, parachevée premièrement, puis augmentée par M. J. Liébault....., plus un bref Recueil des chasses du cerf, du sanglier, du lièvre, du regnard, du blereau, du connin et du loup, et de la fauconnerie. *A Paris, chez J. du Puys*, 1572, in-4, vél.

Mouillures.

62. Discours œconomique, non moins utile que recréatif, monstrant comme de cinq cens livres pour une foys employées, l'on peult tirer par an quatre mil cinq cens livres de proffict honneste, qui est le moyen de faire profier son argent, par M. Prudent le Choyselat. *A Rouen, chez Martin le Menestrier*, 1612, in-12 de 47 pp. cart. non rogné.

Écrit des plus curieux sur les poules et la manière de s'en faire des rentes.

---

63. Traitez et Advis de quelques gentilshommes françois sur les duels et gages de bataille, assçavoir, de Messire Olivier de la Marche, de Mre J. de Villiers, Sr de Lisleadam, de Mre Hardouin de la Jaille, et autres escrits sur le mesme sujet, non encor imprimez. *A Paris, chez J. Richer*, 1586, pet. in-8, veau ant. fil.

Volume curieux et rare.

64. Les Ruses innocentes, dans lesquelles se voit comment on prend les oiseaux passagers et les non passagers : et de plusieurs sortes de bêtes à quatre pieds, avec les plus beaux secrets de la pêche dans les rivières et dans les étangs, par F. F. F. D. G. (par Frère François, Fortin de Grammont). *Suiv. la copie de Paris, à Amsterdam, chez*

Daniel de la Fueille, 1695, in-8, titre gr. et figures, bas. ant.

65. Histoire des modes françaises, ou Révolutions du costume en France depuis l'établissement de la monarchie jusqu'à nos jours, contenant tout ce qui concerne la tête des Français, avec des recherches sur l'usage des chevelures artificielles chez les anciens (par Molé, avocat). *A Amsterdam, et se trouve à Paris, chez Costard,* 1773, in-12, veau marb.

---

66. La Perspective curieuse, du Reverend P. Niceron, Minime; avec l'Optique et la Catoptrique, du R. P. Mersenne, mise en lumière après la mort de l'autheur. *A Paris, chez J. du Puis,* 1651-1673, 2 part. en 1 vol. in-fol. portrait, front. gr. et nombr. planches, veau ant.

Le frontispice a une cassure.

67. L'Architecture, de Vitruve, traduite en françois, avec des remarques par de Bioul. *Bruxelles,* 1816, fort vol. in-4, broché.

68. Catalogue de la plus précieuse collection d'estampes de P.-P. Rubens et d'A. Van Dyck qui ait jamais existée, tant pour la beauté des épreuves que pour la rareté des pièces qui s'y trouvent, le tout recueilli avec beaucoup de fraix et de soins, par messire Del.-Marmol. *S. l.,* 1794, in-8, broché.

69. La Danse ancienne et moderne, ou Traité historique de la Danse, par M. de Cahusac. *A la Haye, chez J. Neaulme,* 1754, 3 vol. pet. in-12, demi-rel. bas. ant.

Ouvrage rare.

BELLES-LETTRES

---

70. Les Origines de la langue françoise (par Ménage). *A Paris, chez Aug. Courbé,* 1650, in-4, veau ant.

Première édition.

---

71. Les Métamorphoses d'Ovide traduites en prose françoise et de nouveau soigneusement reveuës, corrigées en infinis endroits et enrichies de figures à chacune fable,

avec XV discours contenans l'explication morale et historique; de plus outre le Jugement de Pâris, augmentées
de la Métamorphose des abeilles, traduite de Virgile, de
quelques épistres d'Ovide et autres divers traitez. *A Paris,
chez Aug. Courbé,* 1651, in-fol. titre, front. gr. et figures
à mi-pages, veau ant.

72. La Manière de nourrir les enfans à la mammelle, traduction d'un poème latin de Scevole de Sainte-Marthe,
par messire Abel de Sainte-Marthe. *A Paris, G. de Luyne,*
1698. — La Callipédie, traduite du poème latin de Quil-
let. *Impr. à Amsterdam, et se vend à Paris, chez Durand-
Pissot.* Ens. 2 ouvr. réun. en 1 vol. petit in-8, veau br.

73. Le Roman du Renard, publié par M. Méon. *Paris, Treut-
tel et Wurtz,* 1826, 4 vol. in-8, br.

Exemplaire en grand papier vélin fort.
Le tome premier est en petit papier.

74. Œvvres de Lovize Labe, novvelle édition, publiée par
M. Edvvin Tross et imprimée en caractères dits de civi-
lité. *Paris, Tross,* 1871, in-8, br.

75. Rymes de gentile et vertueuse dame D. Pernette du
Guillet, Lyonnaise. *Lyon, N. Scheuring,* 1864, in-12, br.

76. Delie, objet de plus haute vertu, poésies amoureuses,
par Maurice Sève, Lyonnais. *Lyon, chez N. Scheuring,*
1862, in-12, br.

77. Les Œuvres de Clément Marot, de Cahors. *A la Haye,
chez Ad. Moetjens,* 1700, 2 vol. pet. in-12, veau marb. fil.
tr. dorée.

Deuxième édition sous cette date.

78. Les Satyres et autres œuvres du sieur Regnier. *A Rouen,
et se vendent à Paris, chez L. Billaine,* 1667, in-12, veau
br. ant.

79. Œuvres de Regnier. *A Genève,* 1777, in-18, fig. de Marillier, broché.

80. Les Œvvres de messire François de Malherbe. *A Troyes,
chez Nic. Oudot,* 1641, fort vol. in-8, vél. à recouvr.

81. Les Sept Pseaumes de messire Honorat de Bueil, chevalier, sieur de Racan. *A Paris, chez Toussainct du Bray,*
1631, in-8, titre, front. gr. bas. ant.

Dans le même volume. — Les Bergeries de Mre Honorat du Bueil, chevalier, sieur de Racan. *A Paris, chez Toussaing du Bray,* 1632, in-8.
Piqûres de vers dans la marge du bas, vers le milieu du volume.

82. Les Quatrains du seigneur de Pybrac, conseiller du roy en son conseil privé, contenans préceptes et enseignemens utiles pour la vie de l'homme : mis en leur ordre et augmentez par ledit seigneur, avec les Plaisirs de la vie rustique, extraits d'un sien plus long poème. *A Paris, pour Matthieu Guillemot*, 1587, pet. in-12 de 12 ff. plus 9 ff. non chiffrés, cart.

83. L'Amphitéatre pastoral, ou le Sacrée trophée de la fleur-de-lys triomphante de l'ambition espagnole, poème bocager, de l'invention de P. du Pescher. *A Paris, chez Abr. Saugrain*, 1609, in-12, chag. r. dent. sur les plats, tr. dor.

84. Les Œuvres de Philippe Desportes. *A Rouen, de l'impr. de R. du Petit-Val*, 1611, in-12, titre, front. gr. demi-rel. vél.

Édition plus complète que les précédentes; elle a été donnée par Thibault-Desportes. Les 20 derniers ff. sont piqués de vers dans les marges du haut.

85. Les Divertissemens, du sieur Colletet. *A Paris, chez Jacques Dugast*, 1633, in-12, chagr. r. dent. sur les plats, tr. dorée.

86. L'Eschole de Salerne, en vers burlesques, et Dua poemata macaronica de Bello Huguenotico et de Gestis magnanimi et prudentissimi Baldi. *Suiv. la copie impr. à Paris*, 1651, in-12, vél.

87. Les Œuvres de Théophile, divisées en trois parties (avec une préface de Scudéry). *A Paris, chez Ant. de Sommaville*, 1661, 3 part. en 1 vol. in-12, veau ant.

88. Ovide en belle humeur, travesty en vers burlesques, de Mr Dassoucy. *A Paris, chez J. Le Gras*, 1664, front. gr. — Le Jugement de Paris, travesty en vers burlesques (du même). *Paris*, 1664. — Le Ravissement de Proserpine, poème burlesque (du même). *Paris*, 1664, 3 ouvr. réun. en 1 vol. in-12, vél.

89. Œuvres de M. Boileau-Despréaux, avec des éclaircissemens historiques donnés par lui-même et rédigés par M. Brossette, avec des remarques par M. de Saint-Marc. *A Paris, chez David, Durand*, 1747, 5 vol. pet. in-8, demi-rel. bas. ant.

Mouillures. Les titres des tomes I et IV ont été restaurés.

90. Fables choisies, mises en vers par J. de la Fontaine. *A Bouillon*, 1776, 4 vol. in-8, figures, cart.

91. Contes et nouvelles en vers, par J. de la Fontaine. *S. l.*
1777, 2 vol. in-8, portr. titre gr. et figures, veau marb.

92. Les Œuvres choisies du s^r Rousseau, contenant ses poë-
sies. *A Rotterdam, chez Fritsch et Böhm*, 1714, in-12,
front. et fig. aj. demi-rel. avec c. chag. r. fil. tr. dorée.

93. La Pucelle, poème en XXI chants (par Voltaire). *S. l.*
1784, 2 vol. pet. in-8, portr. et fig. demi-rel. v. f.

94. Poésies sur la constitution Unigenitus, recueillies par le
chev. de G. *A Villefranche, chez Philalète Belhumeur*,
1724, 2 tomes en 1 vol. in-8, front. gr. et figures, musi-
que notée, demi-rel. bas.

95. Dorat. Régulus et la Feinte par amour. *Paris, Delalain,*
1773, in-8, titre, front. gr. veau ant. — Les Victimes de
l'amour, 1790, in-8, fig. br. — La Déclamation théâtrale,
1771, in-8, fig. demi-rel. — Les Sacrifices de l'amour,
1772, in-8, demi-rel. figures.

96. Recueil des meilleurs contes en vers. *A Genève, et se
trouve à Paris, chez Delalain*, 1774, in-8, vignettes et culs-
de-lampe gravés par de Ghendt d'après Marillier, veau
ant.

97. Les Augustins, contes nouveaux (par Mr de Piis). *A
Rome*, 1779, 2 tomes en 1 vol. in-12, front. gr. demi-rel.
avec c. chagr. r. fil. tr. dorée.

98. La Pipe cassée, poème épi-tragi-poissardi-héroï-comi-
que. *Paris, Leclère*, 1866, br. in-8, de 54 pp. vig. gr. à
l'eau-forte.

On a joint la suite des vignettes tirées au bistre.

99. Le Fond du sac, ou Recueil de contes en vers et en
prose et de pièces fugitives. *Paris, Leclère*, 1866, in-12,
portr. br.

100. Le Mérite des femmes et autres poésies, par Legouvé.
Paris, L. Janet, s. d. pet. in-12, fig. de Desenne et 10 fig.
aj. de Devéria, Duplessis-Bertaux, Moreau, etc., demi-
rel. chag. r. fil. tr. dorée.

---

101. Le Nouveau Entretien des bonnes compagnies, ou le
Recueil des plus belles chansons à danser et à boire, tiré
des cabinets des plus braves auteurs du temps. *A Paris,
chez J. Villery et J. Guignard*, 1635, in-12, mar. bl. fil.
à fr. tr. rouge.

Exemplaire sur PEAU DE VÉLIN.
Réimpression moderne tirée à petit nombre.

102 .Chansons choisies, avec les airs notés. *A Genève*, 1782,
4 vol. in-18, front. gr. v. marb. fil. tr. dor.

103. Chansons de P.-J. de Béranger. *Paris, Baudouin,* 1826,
5 tomes. — Erreurs des Critiques de Béranger, par
P. Boiteau. *Paris*, 1858, en 1 vol, in-32, demi-rel. avec
c. chag. r. fil. tr. dor.

104. Chansons de P.-J. de Béranger, 1815-1834, contenant
les dix chansons publiées en 1847. *Paris, Perrotin,* 1860,
in-16, fig. sur bois, demi-rel. avec c. chagr. r. fil. doré
en tête, non rogné.

———

105. Il Petrarca con nuove et brevi dichiaratione (d'Ant.
Brucioli). *In Lyone, appresso Gulielmo Rovillio,* 1550,
in-16, figures sur bois, veau marb. fil.

Première édition publiée en France.

106. Jérusalem délivrée, poème du Tasse, traduit par
Lebrun. *Paris, chez Bossange, Masson et Besson, l'an II,
ère républicaine,* 2 vol. in-8, front. gr. et figures de Gra-
velot, veau ant. tr. dorée.

106 *bis*. Même ouvrage, même édition, 2 vol. in-8, v. ant.

107. Jérusalem délivrée, poème, traduit de l'italien, *A Paris,
chez Bossange, Masson et Besson, an XI,* 1803, 2 vol. in-8,
portr. gr. par Delvaux, dessiné par Chasselas, et figures
de Le Barbier, cart. non rognés.

108. Le Vasselage ou Droits des anciens seigneurs sur les
nouvelles épouses ; fondation de Nice de la Paille, dans
le haut Montferrat, poème satirico-comique en douze
chants, traduit de l'italien par G.... *A Devioginopolis, l'an
II de la liberté, et se vend à Niort, chez L. Averti,* 1791,
in-12, front. gr. chag. r. dent. sur les plats, tr. dorée.

———

109. Les Comédies de Térence, traduites en françois, avec
des remarques, par Mme Dacier. *A Paris, chez D. Thierry
et Cl. Barbin,* 1688, 3 vol. pet. in-8, veau ant.

110. Le Théâtre de P. Corneille. *A Amsterdam, chez Zach.
Chatelain,* 1740, 5 vol. in-12, portr. titres gr. et fig. cart.
non rognés.

111. Les Œuvres de Monsieur de Molière. *A Paris, chez
Ant. Damonneville,* 1710, 8 vol. pet. in-8, front. et figures
gr. veau ant.

112. Œuvres de Molière. *A Paris, chez David*, 1749, 8 vol. in-12, figures de Boucher, veau ant. marb.

113. Notes historiques sur la vie de Molière, par A. Bazin, *Paris, Techener*, 1851, in-12, br.

114. Les Mots à la mode, petite comédie augmentée de quantité de vers qui n'ont pas été dits sur le théâtre (par de Callières). *A Paris, chez J. Guignard*, 1694, in-12, cart. à recouvr.

115. L'Abailard supposé, ou le Sentiment à l'épreuve (par la C^{sse} de Beauharnois). *A Amsterdam, et se trouve à Paris, chez Gueffier*, 1780, in-8, veau ant. marb.

Première édition.

---

116. Daphnis et Chloé ou les Pastorales de Longus, traduites du grec par J. Amyot. *Paris, Leclère*, 1863, in-8, figures, vig. et culs-de-lampe, br.

On a ajouté à cet exemplaire 2 portraits, dont un au bistre, et 4 vig. d'après Eisen.

117. L'Ane d'or d'Apulée, philosophe platonicien, avec le Démon de Socrate. *A Paris, chez Nyon*, 1745, 2 vol. in-12, titre, front. gr. et figures, veau marb.

118. La Louange de la Folie, traduitte d'un traité d'Erasme, intitulé Oencomium Moriæ, par M. Petit, satyre en prose. *A Paris, chez J. Cottin*, 1670, in-12, veau ant.

119. L'Éloge de la Folie, composé en forme en déclamation, par Érasme, et traduit par Mr Geudeville, avec les notes de Gérard Listre, et les belles figures de Holbein. *A Amsterdam, chez Fr. L'Honoré*, 1731, in-8, front. gr. et fig. veau ant.

120. L'Éloge de la Folie, traduction nouvelle du latin d'Érasme, par M. Barrett. *Paris, chez Defer de Maisonneuve*, 1789, in-12, front. gr. et figures, *broché*.

---

121. Histoire du très vaillant et redouté Don Flores de Grèce, surnommé le Chevalier des Cignes, second fils d'Esplandian, empereur de Constãtinople; mise en françois par le seigneur Des Essars Nicolas de Herberay. *A Paris, pour Vincent Norment*, 1573, in-8, veau ant. tr. dorée.

L'auteur étant mort avant d'avoir achevé son ouvrage, n'a pu donner que le premier livre.

122. Contes et Nouvelles de Marguerite de Valois, reine de Navarre. *A Londres,* 1784, 8 vol. in-12, figures de Freudenberg, demi-rel. chag. r. tr. dor.

123. Les Alarmes d'Amour, où les effets les plus violans se voyent heureusement surmontez par la fidélité de Philismond et Pandionne. *A Lyon, par Thibaud Ancelin,* 1608, 2 part. en 1 vol. in-12, front. gr. veau f. ant.

Ouvrage très rare, provenant de la bibliothèque du duc de Valentinois, à Passy. Mouillures.

124. Les Amours de Psyché et de Cupidon, par la Fontaine, *Paris, impr. de F.-Didot,* 1825, in-fol. portrait et figures lithogr. sur chine, demi-rel. veau v.

125. Amitiez, Amours et Amourettes, par M[r] Le Pays, nouvelle édition reveue, corrigée et augmentée de la Zélotyde, histoire galante, composée par le mesme autheur. *A Paris, chez Ch. de Sercy,* 1672, in-12, front. chag. r. dent. sur les plats, tr. dorée.

126. Amitiez, Amours et Amourettes, par M[r] Le Pays. *Suivant la copie de Paris, se vendent à Amsterdam, chez Abr. Wolfgang,* 1686. — Portrait de l'auteur dès Amitiez, Amours et Amourettes, envoyé à Son Altesse Madame la duchesse de Nemours. *Suiv. la copie de Paris, Amsterdam,* 1686. — 2 part. en 1 vol. pet. in-12, cart.

127. Avantures galantes et divertissantes du duc de Roquelaure, ou le Momus françois. *Amsterdam, Desbordes,* 1733, in-12, demi-rel. mar. la Vall. éb.

128. Le Momus françois, ou les Aventures divertissantes du duc de Roquelaure, par le S. L. R. *Cologne, chez P. Marteau,* 1781, in-12, broché.

129. Les Avantures de Télémaque, fils d'Ulisse, nouvelle et dernière édition, beaucoup plus correcte que les précédentes, et augmentée des livres XI-XII et XIII qui finissent cet ouvrage avec une entière perfection. *Jouxte la copie impr. à Paris, chez Cl. Barbin,* 1703, 2 part. en 1 vol. in-12 front. et fig. et nomb. figures aj. n. et col. demi-rel. avec c. chag. r. fil. tr. dorée.

130. Les Aventures de Télémaque, par Fr. Salignac de la Mothe-Fénelon. *Paris, Dentu,* 1808, 2 vol. in-18, portr. et figures de Queverdo, veau marb.

131. Les Aventures de Télémaque, par Mr de Fénelon. *Paris, chez L. Duprat-Duverger,* 1811, 2 vol. in-8, portr. et figures de Monnet, veau marb. fil.

132. Le Nouveau Bouffon de la Cour, ou Contes à rire, entre-mellé de quelques histoires plaisantes, pour dissiper la mélancolie. *A Paris, chez Cl. Barbin,* 1709, in-12 front. gr. demi-rel. avec c. chag. r. fil. tr. dorée.

Rare.

133. Lettres historiques et galantes, par Mme de C*** (Mme du Noyer). *A Cologne, chez P. Marteau,* 1712-33, 7 vol. in-12, front. gr. et fig. veau ant.

Les tomes I et II porte la date de 1733, et les III à VII de 1712 à 1718.

134. Nouveaux Contes à rire, et Aventures plaisantes ou Récréations françoises. *A Cologne, chez Roger Bontemps,* 1722, 2 vol. in-12 front. aj. et figures à mi-pages, demi-rel. avec c. chag. r. fil. dorés en tête, non rognés.

135. Contes à rire, ou Récréations françoises. *A Paris, chez Esprit,* 1814, 3 vol. in-12, brochés.

135 *bis.* Même ouvrage, même édition. — 3 vol. brochés.

136. L'Homme aux Quarante écus (par Voltaire). *S. l.* 1768, in-8, fig. cart.

Edition originale.

137. Les Ames rivales, histoire fabuleuse, par Moncrif. *Londres,* 1738. — Le Temple de Gnide. *A Londres,* 1738. —Les Soupers de Daphné et les Dortoirs de Lacédémone, anecdotes grecques. *A Oxfort (Paris),* 1740. — 3 ouvr. réun. en 1 vol. in-12, veau ant.

138. Le Roman de garnison, nouvelle flamande, historique et galante, ou Avanture arrivée à Tournay depuis la con-quête de cette ville en mil sept cent quarante-cinq, par M***. *Nancy,* 1749, in-12, figures, aj. remontées, demi-rel. avec c. chag. r. fil. tr. dorée.

139. Mirza et Fatmé, conte indien (par Saurin), traduit de l'arabe. *A La Haye (Paris),* 1754, in-12, veau ant.

Dans le même volume : Acajou et Zirphile, conte (par Duclos). *A Minutie (Paris),* 1744.

140. Collection complète des Œuvres de M. de Crébillon, le fils. *Londres,* 1779, 7 vol. in-12, demi-rel. bas. bl.

141. Angola, histoire indienne, ouvrage sans vraisemblance, suivi d'Acajou et Zirphile, conte (par le chevalier de la Morlière) *A Londres,* 1786, 2 part. en 1 vol. in-12, front. gr. demi-rel. avec c. chag. r. fil. doré en tête, non rogné.

Le chevalier de la Morlière s'est attribué ce roman, mais beaucoup de

gens prétendent que c'est un manuscrit trouvé dans les papiers du duc de la
Trémoille, après sa mort.

Le titre a été restauré dans la marge du haut.

142. Mon Bonnet de nuit, par M. Mercier. *A Lausanne, chez
J.-L. Heubach*, 1788, 4 vol. in-8, br.

143. Le Nouveau Diable boiteux, tableau philosophique et
moral de Paris ; mémoires mis en lumière et enrichis de
notes par le Dr Dicaculus, de Louvain (par Chaussard).
Paris, chez F. Buisson, an VII de la Rép. 2 tomes en
1 vol. in-8, 2 front. gr. cart. non rognés.

Rare.

144. Le Diable peint par lui-même, ou Galerie de petits ro-
mans, de contes bizarres, d'anecdotes prodigieuses sur
les aventures des démons, les traits qui les caractérisent,
etc., extrait et traduit des démonomanes, des légendes,
etc., etc. *Paris, P. Mongie*, 1819, in-8, 1. grav. demi-rel.
veau viol. ant.

Très rare.

145. Les Folies du siècle, roman philosophique, par M***
(de Lourdoueix), orné de sept caricatures. *A Paris, chez
Pillet*, 1817, in-8, demi-rel.

Roman rare et des plus curieux, dans lequel on trouve réunis des détails
fort comiques sur les mœurs du commencement de notre siècle.

146. Mémoires d'un vilain du xive siècle, traduit d'un manuscrit de 1369, par J.-A.-S. Collin de Plancy. *Paris*,
2 vol. in-12, bas. ant.

147. Les Malheurs d'un Amant heureux, ou Mémoires d'un
jeune aide de camp de Napoléon Bonaparte, écrits par
son valet de chambre. *A Paris, chez Boulland et Tardieu*,
1823, 3 vol. in-8, cart. non rogné.

148. Le Roi des Ribauds, histoire du temps de Louis XII,
par P.L. Jacob (P. Lacroix). *Paris, Eug. Renduel*, 1831,
2 vol. in-8, 1 grav. sur bois, demi-rel. mar. la Vall. *non
rognés.*

Première édition, très rare.

149. La Comédie de la Mort, par Th. Gautier. *Paris, Des
Essarts*, 1838, in-8, front. gr. sur bois, demi-rel. bas.

150. Les Principales Aventures de l'admirable Don Quichotte,
représentées en figures par Coypel, Picart le Romain, et
autres habiles maîtres, avec les explications et des XXXI
planches de cette magnifique collection, tirées de l'original

espagnol de Miguel de Cervantes. *A Liège, chez J.-F. Bas-
sompierre*, 1776, in-fol. demi-rel. avec c. chag. viol. fil.

Bonnes épreuves des figures.

151. Le Bachelier de Salamanque, ou les Mémoires de
D. Chérubin de La Ronda, tirés d'un manuscrit espagnol,
par M. Le Sage. *A Paris, chez Valleyre, Gissey,* 1736,
in-12, fig. chagr. r. dent. sur les plats, tr. dorée.

152. Histoire du chevalier du Soleil, tirée de l'espagnol, par
le marquis de Paulmy. *A Londres,* 1749, 4 part. en 1 vol.
in-12, veau ant.

Édition originale.

153. Voyages du capitaine Lemuel Gulliver, en divers pays
éloignez. *A la Haye, chez P. Gosse et J. Neaulme,* 1727,
3 tomes réun. en 1 vol. pet. in-8, portr. cartes et fig.
vél. à recouvr.

Mouillures.

154. Lettres d'une femme du XIVe siècle, traduites de
l'allemand. *A Amsterdam, et se trouve à Paris, chez Nyon,*
1788, in-18, figures, cart. non rogné.

---

155. Contes et Facéties imprimés à Troyes au XVIIIe siècle,
environ 100 pièces réun. en 6 vol. in-8 et in-12, cart. non
rognés.

Ces volumes sont tomés 1 à 7.
Manque le tome 5.

156. Le Moyen de parvenir, contenant la raison de tout ce
qui a été, est et sera, par Béroalde de Verville. *Nulle
part,* 100070032 (1732), 2 tomes en 1 vol. in-12, portr.
chag. r. dent. sur les plats, doré en tête, non rogné.

157. Le Moyen de parvenir (par Béroalde de Verville). *S. l.*
1773, 2 vol. in-12, front. gr. demi-rel. avec c. chag. r. fil.
tr. dorée.

158. Les Œuvres de Monsieur Cyrano Bergerac. *A Amsterdam, chez J. Desbordes,* 1709, 2 vol. in-12, front. gr. et
figures, veau ant.

159. La Sage Folie, fontaine d'allégresse, mère de Plaisir et
royne des belles humeurs (par J. Marcel). *A Lyon, chez
J. Radisson,* 1849, 2 part. en 1 vol. in-8, front. gr. veau
marb. fil. tr. r. (*Rel. mod.*)

160. Recueil des pièces du temps, ou Divertissement curieux
pour chasser la mélancolie et faire passer le temps agréa-

blement, contenant vingt pièces burlesques et facétieuses. *A La Haye, chez J. Strik*, 1685, in-12, demi-rel. avec c. mar. grenat.

161. Éloge de l'Enfer (par Benard). *A La Haye, chez P. Gosse*, 1759, 2 vol. in-12, front. gr. et figures de Sibelius, veau marb.

162. Roger Bontems, en belle huméur, donnant aux tristes et aux affligez le moyen de chasser leurs ennuis et aux joyeux le secret de vivre toujours contens, par M. de Roquelaure. *A Amsterdam*, 1753, 2 vol. in-12, front. gr. demi-rel. avec c. mar. r. fil. éb.

163. Passe-temps joyeux, contes à rire et gasconnades nouvelles. *A Paris, chez D. Mouchet*, 1717, in-12, front. aj. demi-rel. avec c. chagr. r. fil. doré en tête, éb.

164. Les Étrennes de la Saint-Jean (par le comte de Maurepas, le prés[t]. de Montesquieu, le comte de Caylus, Moncrif, Crébillon fils, Sallé, La Chaussée, Duclos, d'Armenonville et l'abbé de Voisenon). *A Troyes, chez Oudot*, *s. d.* 91 pp. — Les Etrennes de la Saint-Martin ou la Guerre des sceaux, poème fou (attribué en partie au comte de Maurepas). *Amsterdam*, 1738, 29 pp. — Les Ames rivales, histoire fabuleuse (par de Moncrif). *A Londres*, 1738, 75 pp. — Le Temple de Gnide. *Londres*, 1738, 109 pp. — Conclave de Clément IX ou Journal de ce qui s'est passé pendant le siège vaccant, etc., avec les maximes selon lesquelles se peuvent conduire les cardinaux dans les conclaves. *Paris, chez Ch. de Sercy*, 1669, 129 pp. — Nouvelle allégorique, ou Histoire des derniers troubles arrivés au royaume d'éloquence (par Furetière). *A Amsterdam, chez J. Desbordes*, 1702, 117 pp. non rogné, fig. Ens. 6 ouvr. réun. en 1 vol. in-12, cart.

165. L'Avocat du Diable ou Mémoires historiques et critiques sur la vie et la légende du pape Grégoire VII, avec des mémoires de même goût sur la bule de canonization de Vincent de Paul. *A Saint-Pourcain, chez Tansin Pas Saint*, 1743, 3 vol. in-12, titres gr. v. ant.

166. Mémoires historiques et galans de l'Académie de ces Dames et de ces Messieurs, ouvrage rédigé par Ant. Martin Vadé. *A Amsterdam et se trouve à Paris, chez Segaud*, 1776, 2 tomes en 1 vol. in-12, veau marb.

167. Facéties du vicomte de Mirabeau. *A Côte-Rotie, de l'impr. de Boivin, s. d.* 2 vol. in-12, demi-rel. bas ant.

168. Amusement des Bains de Bade en Suisse, de Schintz-

nach et de Pfeffers (par F. de Merveilleux). *A Londres,* 1739, in-12, carte col. et figures, demi-rel. avec c. bas. ant.

169. Mémoire pour servir à l'histoire de l'ordre de la Boisson, par un membre actif de l'ordre de la Treille. *Nancy, Cayon-Liébault,* 1864, in-8, cart.

Tiré à cent vingt exemplaires:

169 *bis.* Même ouvrage, même édition.

170. Histoire des Révolutions de la barbe des Français, depuis l'origine de la monarchie. *Paris, chez Ponthieu,* 1826, pet. in-12] de 46 pp. demi-rel. v. f. doré en tête, non rogné.

171. Dictionnaire d'amour dans lequel on trouvera l'explication des termes les plus usités dans cette langue, par M. de *** (Dreux du Rodier). *A La Haye,* 1741, in-12, demi-rel. veau ant.

172. Dictionnaire contenant les Anecdotes historiques de l'amour, depuis le commencement du monde jusqu'à ce jour. *A Troyes, chez Gobelet,* 1811, 5 vol. in-8, br.

173. Les Galanteries des rois de France. *A Cologne, chez P. Marteau, s. d.* 3 vol. in-12, front. gr. titres gr. et figures, demi-rel. veau ant.

174. Les Galanteries des rois de France par Vanel. *Cologne, chez P. Marteau, s. d.* 3 tomes en 1 vol. in-12, front. gr. et fig. veau ant. marb.

175. Les Galanteries des rois de France. *A Cologne, chez P. Marteau,* 1752, 2 tomes en 1 vol. pet. in-8, veau ant. marb.

176. Galanteries des rois de France. *A Bruxelles,* 1694, 2 vol. in-12, demi-rel. avec c. chagr. viol. fil. tr. dorée.

177. Galanteries des rois de France, depuis le commencement de la monarchie, par M. H. Sauval. *Suiv. la copie impr. à Paris, chez Ch. Moette,* 1731, 3 tomes en 2 vol. in-12, front. gr. et fig. de B. Picart, demi-rel. avec c. chag. r. fil. dorés en tête, non rognés.

178. Mémoires historiques et secrets concernant les amours des rois de France (publiés par le marquis d'Argens). *A Paris, vis-à-vis le Cheval de bronze (Amsterdam),* 1739, pet. in-12, veau ant.

On trouve dans ce volume un long extrait des Amours des rois de France; par Sauval.

179. Les Intrigues amoureuses de la cour de France (par Sandras de Courtilz). A *Cologne, chez P. Bernard*, 1685, pet. in-12, veau ant.

180. La France galante, ou Histoires amoureuses de la Cour sous le règne de Louis XIV. A *Cologne, chez P. Marteau, s. d.* 2 vol. in-12, front. gr. et fig. veau marb. fil. tr. dorée.

181. Histoire des amours de Grégoire VII, du cardinal de Richelieu, de la princesse de Condé et de la marquise d'Urfé, par Mademoiselle D*** (Durand). *Cologne, chez P. Le Jeune*, 1700, in-12, front. demi-rel. avec c. chag. r. ·fil. doré en tête, non rogné.

182. L'An des Sept Dames, avec annotations et remarques, par M. C. Ruelens et Aug. Scheler. *Bruxelles, impr. de A. Mertens*, 1867, in-12, mar. r. fil. à fr. tr. r.

Un des deux exemplaires sur peau de vélin.

183. Contramours : L'Anteros ou Contre-amour de Fulgese ; le Dialogue de Batiste Platina contre les folles amours ; Paradoxe contre l'amour (traduit par Th. Sibilet). *A Paris, chez Martin*, 1581, pet. in-4, cart.

Sibilet, auteur de cette traduction, y a ajouté le *Paradoxe contre l'amour*, ouvrage de sa composition. Mouillures.

184. De l'Égalité des deux sexes, discours physique et moral, où l'on voit l'importance de se défaire des préjugez (par Fr. Poullain de la Barre et par Frelin). *A Paris, chez J. du Puis*, 1673, in-12, cart.

185. De l'Égalité des deux sexes, discours physique et moral, où l'on voit l'importance de se défaire des préjugez, par le Sr F. P. de la Barre. *A Paris, chez J. du Puis*, 1690, 2 part. — De l'Excellence des hommes contre l'Égalité des sexes (par le même). *Paris*, 1690, 2 part. — Dissertation ou Discours pour servir de troisième partie au livre de l'Égalité des deux sexes. *Paris*, 1690. Le tout en 1 vol. in-12, demi-rel. veau marb. (*Rel. mod.*)

186. Miracle arrivé dans la ville de Genève en ceste année 1609 d'une femme qui a faict un veau, à cause du mespris de la puissance de Dieu et de Madame Saincte Marguerite. *A Paris, jouxte la copie impr. à Tonon, près ladite ville de Genève*, 1609, br. in-8 de 15 pages.

187. La Gazette de Cythère, ou Aventures galantes et récentes, arrivées dans les principales villes de l'Europe, traduite de l'anglais, à la fin de laquelle on a joint le précis historique de la vie de Mme la comtesse du Barry (par Bernard, Hollandais). *Londres*, 1774, in-8, front. et fig. cart.

188. Etrennes aux grisettes pour l'année 1790, plaq. in-8 de 36 pp. front. cart.

189. La Déroute et l'Adieu des filles de joye de la ville et fauxbourgs de Paris, avec leurs noms, leur nombre, les particularités de leur prise et de leur emprisonnement. *S. l. n. d.* in-8.

Brochure manuscrite de 28 pp. écrite au siècle dernier.

190. Code moral du mariage, ou les Secrets de la félicité conjugale, par Jacomy Regnier. *Paris, Debécourt*, 1839, in-8, cart.

191. Les Azolains de Monseigneur Bembo. De la Nature d'Amour, traduictz d'italien en frãcoys, par Jehan Martin. *Imprimé à Paris, par M. de Vascosan*, 1545, in-8, veau br. ant.

Première édition, ouvrage imprimé en caractères italiques.

---

192. Le Secrétaire des secrétaires ou le Thrésor de la plume françoise, contenant la manière de composer et dicter toutes sortes de lettres missives avec quelques lettres facétieuses. *A Rouen, pour J. Petit et D. Geuffroy*, 1610, in-12, vél.

193. Lettres d'un citoyen de Genève (J.-J. Rousseau). *A Cologne et se trouve à Paris*, 1773, in-12, fig. aj. demi-rel. avec c. chag. r. fil. tr. dorée.

194. Les Dialogues de Loys. Le Caron parisien. *A Paris, pour Jean Longis*, 1556 (*avec privilège*), pet. in-8, vél.

Exemplaire un peu court de marges.

195. Menagiana ou les Bons Mots et Remarques critiques, historiques, morales et d'érudition de M. Ménage. *Paris, Delaulne*, 1729, 4 vol. in-12, v. ant. marb.

196. Les Illustres Proverbes historiques.... *Lyon, chez A. Resson, s. d.* in-12, veau ant. — Dans le même volume : Le Ballet des proverbes, dansé par le roi, le 17 février 1654.

Grosley, dans un article du *Journal encyclopédique* (décembre 1775) attribue ce curieux ouvrage au comte de Cramail, connu par la *Comédie des Proverbes*, imprimée pour la première fois à Troyes, en 1639.

197. Les Diverses Leçons de P. Messie, mises de castillan en

françois, par Cl. Gruget, Parisien, avec sept dialogues de
l'autheur, dont les quatre derniers ont esté de nouveau
traduicts en ceste quatrième édition. *A Tournon, par
Cl. Michel*, 1616, in-8, veau br. ant.

198. Le Nain jaune, ou Journal des arts, des sciences et de
la littérature. *A Paris*, 1815-16, 4 tomes réun. en 2 vol.
in-8, demi-rel. avec c. v. f.

199. Œuvres de Monsieur Scarron. *A Amsterdam, chez
J. Wetstein et G. Smith*, 1737, 10 vol. in-12, portr. et
front. de L.-F. Dubourg, gr. par Folkema, vél.

200. Œuvres meslées de M. de Saint-Evremond, publiées
sur les manuscrits de l'auteur. *A Londres, chez J. Tonson*,
1709, 3 vol. in-4, 2 portr. veau ant.

201. Œuvres d'Alex. Piron. *A Paris, chez Duchesne*, 1758,
3 vol. in-12, front. gr. et figures de Cochin, veau marb.

202. Œuvres complettes de Gessner. *S. l. n. d.*, 3 vol. in-18
titres gr. portraits et figures, demi-rel. avec c. chag. r.
fil. dorés en tête, non rognés.

On a ajouté à cet exemplaire la double suite des figures coloriées, plus
un grand nombre de figures de Lebarbier, Binet, Moreau, etc., etc,

203. Opere scelte di Ferrante Pallavicino. *In Villafranca*
(Hollande), 1673, 2 vol. in-12, vél.

204. Œuvres complettes d'Alex. Pope, traduits en françois.
A Paris, chez Durand, 1780, 8 vol. in-8, portr. et figures
de Marillier, veau marb. fil.

HISTOIRE

205. La République des Hébreux, où l'on fait voir l'origine
de ce peuple, ses loix, son gouvernement, etc. (trad. du
latin par Géorée). *A Amsterdam, chez P. Mortier,* 1705,
3 vol. — Antiquitez judaïques, ou Remarques critiques sur
la République des Hébreux, par Basnage. *A Amsterdam,
chez Chatelain,* 1713, 2 vol. Ens. 5 vol. in-8, front. gr.
figures et cartes, veau granit.

206. Fêtes et Courtisanes de la Grèce, supplément aux Voyages d'Anacharsis et d'Anténor. *A Paris*, 1821, 4 vol. in-8, front. gr. et figures, demi-rel. bas.

207. Dissertation sur l'incertitude des cinq premiers siècles de l'histoire romaine, par L. de Beaufort. *A La Haie, chez P. Van Cleef*, 1750, 2 part. en 1 vol. in-8, pl. de médailles, cart.

208. Mémoires historiques et anecdotes sur les reines et régentes de France, par Dreux du Radier, avec continuation jusqu'à nos jours, etc. *Paris*, 1828, 6 vol. in-8, br.

209. Traictez des premiers officiers de la coronne de France soubz noz Roys de la première, seconde et troisième lignée, par André Favyn. *A Paris, par Fleury Bourriquant*, 1613, in-8, demi-rel. avec c. chag. r. fil. doré en tête, non rogné.

210. Inventaire des erreurs, fables et déguisemens remarquables en l'inventaire général de l'histoire de France de Jean de Serres, par Scipion Dupleix. *A Paris, chez L. Sonnius*, 1625, in-8, vél. à recouvr.

211. Les Illustres Françoises, histoires véritables (par Challes) *A Amsterdam, chez M. M. Rey*, 1748, 4 vol. in-12, front. gr. et figures, cart.

212. Origines des dignités et magistrats de France, recueillies par Claude Fauchet. *A Paris, chez Jérémie Périer*, 1606. —Origine des Chevaliers, armoiries et héraux, ensemble de l'ordonnance, armes, et instruments desquels les François ont anciennement usé en leurs guerres, recueillies (par le même). *Paris, chez J. Périer*, 1606. Ens. 2 ouvr. réun. en 1 vol. in-8, vél. à recouvr.

213. Satyre Menipée de la vertu du catholicon d'Espagne, et de la tenüe des estats de Paris (par le P. Le Roy, Gillot Rapin, etc.) *A Ratisbonne, chez Mathias Kerner*, 1677, pet. in-12, veau ant.

214. Satyre Menippée de la vertu du catholicon d'Espagne, et de la tenüe des états de Paris. *A Ratisbonne, chez Mathias Kerner*, 1696, in-12, figures, veau br. ant.

215. Satyre Menippée de la vertu du catholicon d'Espagne et de la tenue des estats de Paris, à laquelle est ajouté un discours sur l'interprétation du mot: de Higuiero del Inferno, et qui en est l'auteur. *A Ratisbonne*, 1726, 3 vol. in-8, front. et figures, veau br.

216. Les Mémoires de messire Olivier de la Marche, troisième
édition reveüe et augmentée d'un estat particulier de la
maison du duc Ch. Le Hardy, composé du mesme auteur
et non imprimé cy-devant. *A Bruxelles, chez Hubert
Antoine*, 1616, petit in-4, veau ant.

217. Le Tableau de la régence de Blanche-Marie de Médicis,
royne, mère du roy et du royaume contenant tout ce qui
s'est passé es régences des régens, et régentes, despuis
Clotilde jusques à présent, et de leurs droicts et préro-
gatives, et principallement en la régence de la reyne,
par Maistre Florentin du Ruau. *A Poictiers, par A. Mes-
nier*, 1615, in-8, vél. à recouvr.

218. La Divine Vengeance sur la mort du marquis d'Ancre,
pour servir d'exemple à tous ceux qui entreprennent contre l'authorité des roys. *A Paris, chez Th. Ménard*, 1617,
plaq. in-8, de 8 pp. demi-rel. avec c. mar. r. fil.
Rare.

219. La Chronique des favoris, *S. l. n. d.* (vers 1623), in-12
de 56 pp. cart.

Satire contre les Luynes, par Langlois, dit Faucan, chanoine de Saint-
Honoré, qui a été envoyé pour cet ouvrage à la Bastille, où il est mort.
Très rare.

220. Mémoires particulières de ce temps, envoyées de Bor-
deaux. *Paris, chez Melchior Mondière*, 1615, plaq. in-8,
de 8 pp. cart.

Récit du voyage de Louis XIII à Bayonne, pour son mariage.
Rare.

221. L'Amphithéâtre sanglant où sont représentées plusieurs
actions tragiques de nostre temps, par J. P. C. évesque
de Belley. *A Paris, chez J. Cottereau*, 1630, in-8, bas. ant.
comp. sur les plats, tr. dor.

222. Mémoires de la vie de Théodore Agrippa d'Aubigné,
écrits par lui-même, avec les mémoires de Frédéric-Mau-
rice de la Tour, prince de Sedan, une relation de la cour
de France, en 1700, par M. Priolo. *A Amsterdam, chez
J.-Fr. Bernard*, 1731, 2 tomes en 1 vol. in-12, demi-rel.
avec c. chag. r. fil. doré en tête, *non rogné*.

223. Mémoires de M. D. L. R. sur les brigues à la mort de
Louys XIII, les guerres de Paris et de Guyenne, et la pri-
son des princes. *A Cologne, chez P. Van Dick*, 1664, in-12
veau ant. marb.

224. Cruels Effets de la vengeance du cardinal de Richelieu

ou Histoire des diables de Loudun, de la possession des religieuses ursulines et de la condamnation et du supplice d'Urbain Grandier. *Amsterdam,* 1716, in-12, front. gr. veau ant.

225. Traité des Droits de la reyne Très Chrestienne sur divers estats de la monarchie d'Espagne. *Suiv. la copie de l'Imp. roy., à Paris,* 1667. — Suite du dialogue sur les Droits de la reyne, par où se découvre la vanité des prétentions de la France sur les Pays-Bas. *S. l. n. d.* (1668). — Remarques pour servir de réponse à deux écrits imprimez à Bruxelles contre les droits de la reine. *Suiv. la copie impr. à Paris,* 1667. Ens. 3 vol. pet. in-12, vél. à recouvr.

226. Histoire de la guerre de Hollande où l'on voit ce qui est arrivé de plus remaquable depuis l'année 1672, jusque en 1677 (par de Courtilz). *Suiv. la copie de Paris, à la Haye, chez H. Van Bulderen,* 1689, 2 part. en 1 vol. in-12, front. gr. demi-rel. avec c. cuir de Russie.

227. Les Souvenirs de Madame de Caylus. *A Amsterdam, chez Marc-Michel Rey,* 1770, in-12 (*texte encadré*) demi-rel. avec c. chag r. fil. doré en tête, *non rogné.*

228. L'Histoire de Mme la marquise de Pompadour, traduite de l'anglais. *Londres, aux dépens de S. Hooper, à la Tête de César,* 1759, 2 part. en 1 vol. pet. in-8 de 168 pp. demi-rel. avec c. chagr. r. fil. tr. dorée.

229. Nouvelles à la main sur la comtesse du Barry, trouvées dans les papiers du comte de *** revues et commentées par Em. Cantrel. *Paris, H. Plon,* 1861, in-8, portr. br.

230. Confession générale de S. A. S. M^r le comte d'Artois, déposée, à son arrivée à Madrid, dans le sein du T. R. P. dom Jérôme, grand inquisiteur, et rendue publique par les ordres de Son Altesse, pour donner à la nation un témoignage authentique de son repentir. *A Paris,* 1789, br. in-8, de 31 pp.

231. Anecdotes du XIXe siècle, etc., par J.-A.-S. Collin de Plancy. *Paris, Ch. Paimparré,* 1821, 2 vol. in-8, broché.

232. Tableau de Paris, par M. Mercier. *Amsterdam,* 1785, 4 vol. in-8, demi-rel. bas. ant.

233. Dernier tableau de Paris, ou Récit historique de la révolution du 10 août 1792, des causes qui l'ont produite, des évènements qui l'ont précédée et des crimes qui l'ont suivie, par J. Peltier. *A Londres,* 1793, 2 vol. in-8, demi-rel. bas.

234. La Police de Paris dévoilée, par P. Manuel, l'un des administrateurs de 1789. *A Paris, l'an second de la liberté,* 2 vol. in-8, front. gravé veau marb. fil. dos orné.

235. Le Livre noir de Messieurs Delavau et Franchet, ou Répertoire alphabétique de la police politique sous le ministère déplorable. *Paris, Moutardier,* 1829, 4 vol. in-8, demi-rel. bas. ant.

236. De la police de Paris, de ses abus, et des réformes dont elle est susceptible, avec documents anecdotiques et politiques pour servir à l'histoire judiciaire de la Restauration, par A.-G. Claveau. *Paris,* 1831, in-8, demi-rel. veau bl.

237. Paris, Saint-Cloud et les départements, ou Buonaparte, sa famille et sa cour, par un chambellan forcé à l'être. *Paris, Ménard et Desenne,* 1820, 3 vol. in-8, demi-rel. bas. veau.

238. Le Moniteur secret ou Chronique scandaleuse de la cour de Napoléon, de sa famille et de ses agents, publié par Martainville. *Paris,* 1836, 2 vol. in-8, brochés.

239. Historiettes divertissantes tirées de Guichardin, et d'autres auteurs avec diverses plaisanteries et plusieurs dialogues italiens et françois, par le Sr Pompe. *A Paris, chez Laurent d'Houry,* 1693, in-12, v. ant. marb. (*Armoiries sur les plats.*)

Ex libris de la bibliothèque de M. Lurde, du siècle dernier, collé à l'intérieur du volume.

240. La Vie du Pape Alexandre VI et de son fils, César Borgia, contenant les guerres de Charles VIII et de Louis XII rois de France et les principales négociations et révolutions arrivées en Italie depuis l'année 1492 jusqu'en 1506, par Alex. Gordon, traduite de l'anglois. *A Amsterdam, chez P. Mortier,* 1732, 2 tomes en 1 vol. pet. in-8, portraits, vél. à recouv.

241. Histoire de Donna Olimpia Maldachini, traduit de l'italien de l'abbé Gualdi. *A Leyde, chez J. du Val* (*à la Sphère*) 1666, pet. in-12, veau ant.

242. Délices du Brabant et de ses campagnes, par M. de Cantillon. *A Amsterdam, chez J. Neaulme,* 1757, 4 vol. in-8, figures, v. marb.

243. Le Livre d'or de l'ordre de Léopold et de la Croix de fer. *Bruxelles,* 1858-61, 3 vol. in-4, dont un suppl. portr. lith. br. (*Le texte est entouré d'encadrements violets.*)

244. Les Actions héroïques et plaisantes de l'empereur Charles V. *A Bruxelles, chez Judocus de Grieck*, 1690, in-12, figures, chag. r. dent. sur les plats, tr. dorée.

245. La Vie de P. Arétin, par M. de Boispréaux. *A la Haye, chez J. Neaulme*, 1750, in-12, veau ant.

246. La Vita di Pietro Aretino scritta dal conte Giammaria Mazzuchelli. *In Padova*, 1841, in-8, portr. et fig. de médailles, vél.

247. La Science des médailles antiques et modernes, pour l'instruction des personnes qui s'appliquent à les connaître (par Jobert). *A Paris, chez J. Boudot*, 1715, 2 tomes en 1 vol. in-12, front. gr. planches de médailles, veau br. ant.

248. La Première (et la Seconde) Partie du Promptuaire des plus renommées personnes qui ont esté depuis le commencement du monde, avec briève description de leurs vies et faicts, recueillie des bons auteurs. *A Lyon, chez Guill. Rouille*, 1553, 2 part. en 1 vol. in-4, figures de médailles, vél.

Le haut du titre a été déchiré et les marges du haut sont atteintes par l'humidité.

ADOLPHE LABITTE

LIBRAIRE DE LA BIBLIOTHÈQUE NATIONALE

4, rue de Lille, Paris.

Laborde (Léon de). Documents inédits sur Athènes. In-8, fig.. 6 fr.

— Les Archives de France. In-12...................... 3 fr.

— Glossaire français du moyen âge. In-4f .... 4 fr.

Le Roux de Lincy. Notice sur Dom Jacques du Breul. In-8..... 2 fr.

— Recherches sur Jean Grolier. Gr. in-8 et atlas in-folio....... 15 fr.

Lescarbot. Histoire de la Nouvelle-France. Nouvelle édition. 3 vol. petit in-8, avec 4 cartes. *Exemplaire en grand papier de Hollande* .... 36 fr.

Louville. Mémoires secrets sur la succession d'Espagne. 2 volumes in-8...................... 4 fr.

Lydus. Liber de Ostensis, gr. et lat. edidit Hase. In-8 .... 3 fr.

Margry. Les Navigations françaises. In-8. *Exemplaire en papier de Hollande*.................... 20 fr.

Meraugis de Portlesguez. Roman de la Table ronde, par Raoul de Houdenc. In-8, avec 19 gravures en bois, chaque page entourée d'un filet rouge. *Papier vélin Whatman* (format jésus)........... 30 fr.

Michelant (H.). Inventaire des vaisselles, joyaux... livres et manuscrits de Marguerite d'Autriche. 2 brochures in-8.......... 6 fr.

Orléans (Charles d'). Poésies, publiées par Champollion-Figeac. In-8. Exemplaire en grand papier...................... 6 fr.

Pauthier (G.). Les Iles ioniennes. In-8, br.................. 2 fr.

Poésies gasconnes. Nouvelle édition, publiée par **M.** Taillade. Paris,

2 vol. in-8. *Exemplaire en grand papier vergé de Hollande*.. 20 fr.

Rondeaux d'amour (Cent cinq). In-8..................... 20 fr.

Rossignol. Les Métaux dans l'antiquité. In-8................ 5 fr.

Rossignol. Des services que peut rendre l'archéologie aux études classiques. In-8, br....... 10 fr.

Ruble (A. de). Le Mariage de Jeanne D'Albret. In-8, portrait.. 7 fr. 50
— *Papier vélin*........ 12 fr.

Sagard. Histoire du Canada. 4 vol. in-8, br. *Exemplaire en grand papier de Hollande*.......... 48 fr.

— Le Grand Voyage du pays des Hurons. 2 vol. in-8. *Exemplai e en grand papier de Hollande.* 24 fr.

Saint-Allais. Nobiliaire universel de France. 20 tomes en 40 volumes in-8..................... 100 fr.

Saint-Martin. Nouvelles Recherches sur la mort d'Alexandre. In-8, pap. vél.................. 2 fr.

Sieurin (J.). Manuel de l'amateur d'illustrations. In-8........ 12 fr.
— *Grand papier de Holl.* 24 fr.

Silvestre. Marques typographiques des libraires et imprimeurs français. 2 vol. in-8........... 64 fr.

Treitzsaurwein. Der Weiss Kunig. In-fol. br. 8 pl............ 15 fr.

Typus mundi in quo ejus calamitates necnon divini humanique amoris antipathia olim proposita a R. R. C. S. I. A. *Dilingæ, Bencart,* 1697. In-12, br. figures........ 10 fr.

Vathek. Conte oriental (par Beckford)..................... 20 fr.

Viator. De Artificiali Perspectiva. 2 parties in-fol. goth...... 25 fr.

Tables des prix de vente et des noms d'auteurs des bibliothèques : Brunet, Potier, J. Pichon, Ruggieri, Émile Gautier, Lebeuf de Montgermont, Turner et Ambroise Firmin-Didot. In-8, chaque .... 2 fr. 50

MIRE ISO N° 1
NF Z 43-007
AFNOR
Cedex 7 - 92080 PARIS-LA-DÉFENSE

graphicom

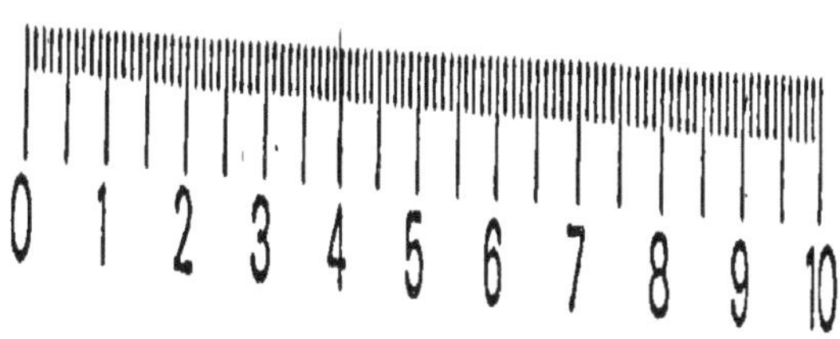

BIBLIOTHEQUE NATIONALE DE FRANCE

****

CHATEAU DE SABLE

1995